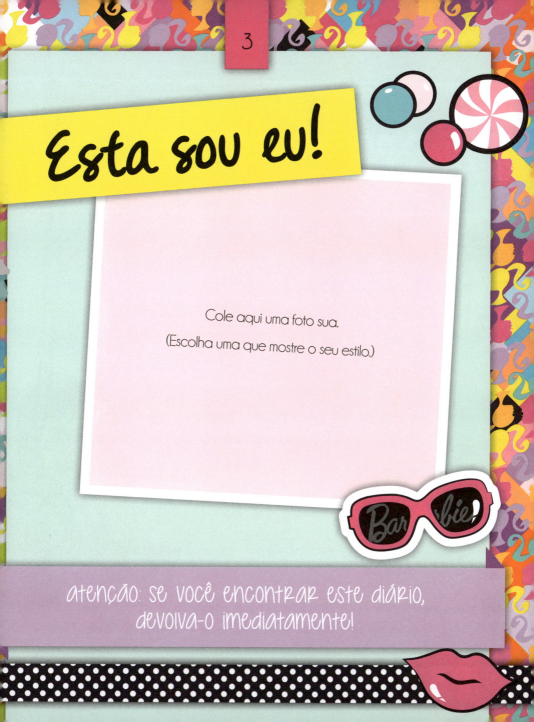

Eu sou...

- observadora
- tranquila
- brincalhona
- gentil
- tímida
- alegre
- extrovertida
- empolgada
- amiga
- engraçada
- sincera
- determinada
- estressada
- confiante

Meus segredos

Estes são os meus maiores segredos:

SEGREDO ULTRASECRETO:
1.
2.
3.

SEGREDO MEGASECRETO:
1.
2.
3.

SEGREDO SUPERSECRETO:
1.
2.
3.

Um cantinho único

Eu moro em: ◯ casa   ◯ apartamento

Eu moro com

O lugar de que eu mais gosto na minha casa é

porque

O que eu gostaria que tivesse na minha casa para deixá-la mais linda e confortável:

Minha querida família

Minha mãe se chama _____

O que eu mais amo nela é _____

Meu pai se chama _____

O que eu mais admiro nele é _____

Irmãos e irmãs:

○ Tenho _____ irmão(s).
Ele(s) se chama/chamam _____
_____

○ Tenho _____ irmã(s). Ela(s) se chama/chamam _____
_____

○ Sou filha única.

De pais para filha

Toda família é diferente, e é isso o que as torna especiais. Fale um pouco sobre a sua família.

O que não deixamos de fazer juntos:

O que nunca fazemos juntos:

Como meus pais reagem quando...

estou brava:

quero atenção:

não quero ir à escola:

quero sair com minhas amigas:

Minha mãe é

O que a tira do sério:

Meu pai é

O que o tira do sério:

AMOR de família

Cole aqui uma foto da sua família.

Meus passatempos favoritos

livros que adoro:
1.
2.
3.

filmes que me emocionam:
1.
2.
3.

séries ou desenhos que amo assistir:
1.
2.
3.

Vida de atleta

Esportes que pratico:
1.
2.
3.

Esportes que gostaria de praticar:
1.
2.
3.

Meu esportista favorito é

porque

........../.........../..........

Querido diário,

○ dom
○ seg
○ ter
○ qua
○ qui
○ sex
○ sáb

hoje meu dia foi...

....
....
....
....
....
....
....
....

● demais! ● especial ● normal ● incrível ● difícil ● surpreendente

Um estilo muito fashion

A cor do meu batom favorito é

○ Pink. Quanto mais rosa, melhor!

○ Prefiro vermelho.

○ Nude ou algo mais discreto.

○ Outras:

○ Não uso batom.

O esmalte de que mais gosto é

Meus acessórios prediletos são

Eu não saio de casa sem

Uma peça de roupa que não pode faltar no meu guarda-roupa é

Dos pés à cabeça

Meu número de sapato é _____

Calçados que prefiro usar:

- ⚪ Sandália
- ⚪ Sapato com salto
- ⚪ Sapatilha
- ⚪ Rasteirinha
- ⚪ Tênis
- ⚪ Outros: _____

Minha peça de roupa favorita é _____

A cor que nunca falta no meu guarda-roupa:

- ⚪ Vermelho
- ⚪ Preto
- ⚪ Azul
- ⚪ Cor-de-rosa
- ⚪ Amarelo
- ⚪ Outras: _____

Tenho um visual...

○ **básico**

Nada melhor do que vestir jeans e camiseta. Adoro me sentir confortável!

○ **romântico**

Roupas com estampas florais e rendas não podem faltar!

○ **moderno**

Sempre antenada nas tendências da moda. Estilo é comigo mesma!

○ **retrô**

Roupas clássicas e com estilo. Porque elas nunca saem de moda!

Hoje eu estou...

/ / Hoje, eu estou me sentindo

porque

/ / Hoje, eu estou me sentindo

porque

/ / Hoje, eu estou me sentindo

porque

Um visual de princesa

Desenhe abaixo um lindo vestido de princesa. Se preferir, cole a imagem de um vestido que faz seus olhos brilharem.

Tarefas da realeza

Como parte da realeza, você precisa tomar algumas decisões para proteger o reino e todos que vivem nele.

Qual a primeira mudança que você faria?

Quais leis você promoveria?

Qual seria o nome do baile que você daria para comemorar seu novo título?

Meu castelo

Agora, que tal criar o seu castelo? Afinal, uma princesa precisa ter o seu próprio espaço.

Se eu fosse...

Aproveitando esse momento de muita imaginação e criatividade, escreva o que você faria, sentiria ou falaria se fosse...

Uma flor:

Uma de suas amigas:

Um animal:

De outro planeta:

24

- dom
- seg
- ter
- qua
- qui
- sex
- sáb

........../........../..........

Querido diário,

hoje meu dia foi...

- demais!
- especial
- normal
- incrível
- difícil
- surpreendente

Com qual irmã me pareço?

Descubra com qual das irmãs abaixo você se identifica.

○ **Barbie (estilosa)**

Como irmã mais velha, Barbie procura dar o exemplo. Sabe tudo sobre moda e adora se relacionar com as pessoas e os animais.

○ **Skipper (tecnológica)**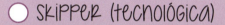

Skipper é superdescolada. Adora tecnologia e música eletrônica. Sempre registra suas aventuras na câmera do celular!

○ **Stacie (esportista)**

Stacie é fã de esportes. Ela participa de todas as modalidades na escola. Futebol é um dos seus favoritos. É divertida e faz amigos com facilidade.

○ **Chelsea (curiosa)**

Como é a mais nova, Chelsea é paparicada pelas irmãs. É determinada e esperta. Ao lado das irmãs, sempre aprende e descobre coisas novas.

Que delícia!

O que costumo comer no...

Café da manhã:

Almoço:

Lanche da tarde:

Jantar:

ter uma dieta balanceada faz bem à saúde!

Na cozinha

Minha comida preferida é

O que não como de jeito nenhum:

O que eu nunca comi, mas gostaria de provar:

Receitas que sei fazer:

Sabores de que mais gosto:

○ doce ○ salgado ○ azedo ○ amargo

Receita de família

As irmãs da Barbie adoram os cupcakes que ela faz. Qual será o segredo dessa receita? Escreva uma receita especial de família.

Nome da receita:

Ingredientes:

Modo de preparo:

Conectada como a Skipper

Se você está sempre conectada à internet como a Skipper, escreva neste espaço sobre seus sites e blogues favoritos!

Os sites de que eu mais gosto são:
1.
2.

Os blogues que eu acho interessantes são:
1.
2.

Os sites/blogues que superindico são:
1.
2.

Vida de estrela

Se eu fosse uma celebridade, seria como:

Cole aqui uma foto de sua celebridade preferida.

Se eu fosse famosa, iria:

Hoje eu estou...

/ / Hoje, eu estou me sentindo

porque

/ / Hoje, eu estou me sentindo

porque

/ / Hoje, eu estou me sentindo

porque

33

......../......../........

Querido diário,

- ○ dom
- ○ seg
- ○ ter
- ○ qua
- ○ qui
- ○ sex
- ○ sáb

hoje meu dia foi...

● demais! ● especial ● normal ● incrível ● difícil ● surpreendente

Melhor amiga(o) para sempre

Nome:

Apelido: Idade:

Ela(ele) é minha(meu) melhor amiga(o) porque

O que adoramos fazer juntas(os):

Para tirá-la(lo) do sério, basta

A melhor experiência que tivemos foi quando

Melhor amiga(o) para sempre

Nome:

Apelido: Idade:

Ela(ele) é minha(meu) melhor amiga(o) porque

O que adoramos fazer juntas(os):

Para tirá-la(lo) do sério, basta

A melhor experiência que tivemos foi quando

Melhor amiga(o) para sempre

Nome:

Apelido: Idade:

Ela(ele) é minha(meu) melhor amiga(o) porque

O que adoramos fazer juntas(os):

Para tirá-la(lo) do sério, basta

A melhor experiência que tivemos foi quando

Hoje eu estou...

       /   /   Hoje, eu estou me sentindo

porque

       /   /   Hoje, eu estou me sentindo

porque

       /   /   Hoje, eu estou me sentindo

porque

Hora da escola

Minhas matérias preferidas:

Matérias de que não gosto tanto:

Melhor nota que já tirei:
nota:					matéria:
Pior nota que já tirei:
nota:					matéria:
Professores que adoro:

Dia de excursão

Minha excursão favorita com a escola foi

Ela foi especial porque

Uma excursão que eu gostaria de esquecer:

porque

Cole aqui uma foto de uma excursão inesquecível que você fez com a escola.

Inesquecível

Turma nota 10

Os alunos que fazem parte da minha turma são:

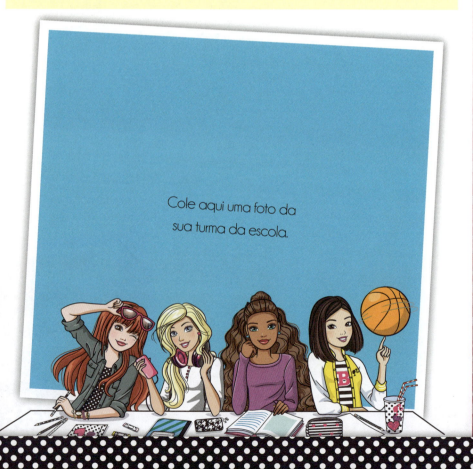

Cole aqui uma foto da sua turma da escola.

Na memória

Muitas vezes, determinados perfumes ou cheiros nos fazem lembrar de lugares ou pessoas especiais.

O cheiro de

me faz lembrar de

O cheiro de

me faz lembrar de

O cheiro de

me faz lembrar de

Meu perfume preferido é

Espirre aqui um pouco do seu perfume predileto.

Dias para esquecer

Um mico que paguei na escola:

Uma vergonha que passei em família:

O maior mico de todos:

Doces recordações

Ingressos de cinema, papéis de bombom e fotos nos fazem recordar tantos momentos! Que tal colar aqui algumas dessas recordações?

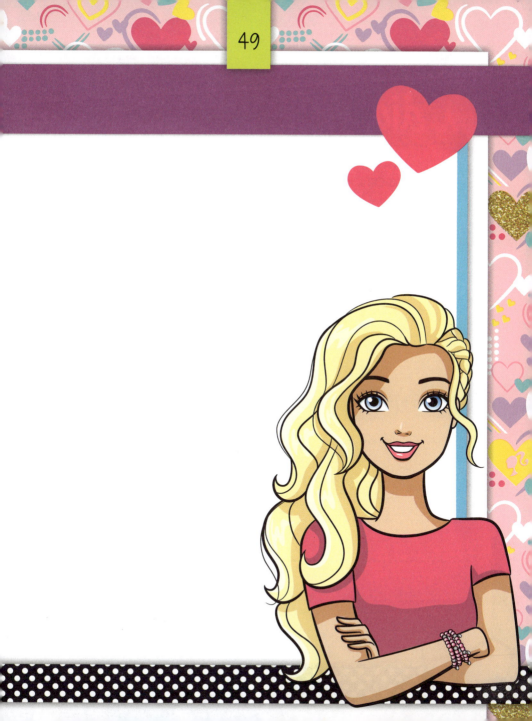

Um dia para não esquecer

Você já viveu um dia tão especial com a família ou os amigos que gosta de relembrá-lo várias vezes? Conte como foi esse dia!

....
....
....
....
....
....
....
....

Pausa para o jogo

Circule a resposta com a qual você mais se identifica.
Não vale demorar muito para responder!

- dia ou noite?
- gato ou cachorro?
- pink ou vermelho?
- filme ou livro?
- praia ou campo?
- calor ou frio?
- telefonemas ou mensagens?
- cinema ou festa?
- inverno ou verão?

Coisas do coração

Aproveite este espaço para escrever sobre os seus sentimentos e tudo o que se passa em seu coração.

Uma história de amor

Agora, escreva uma linda história de amor! Desperte o seu lado romântico e deixe as palavras fluírem pela página.

Uma história real

Muitas vezes, temos o privilégio de presenciar uma linda história de amor. Cole abaixo uma foto de um casal apaixonado (pode ser dos seus pais ou até mesmo de um casal famoso).

Cole aqui a foto escolhida.

Hoje eu estou...

/ / Hoje, eu estou me sentindo

porque

/ / Hoje, eu estou me sentindo

porque

/ / Hoje, eu estou me sentindo

porque

Meus queridos bichinhos

Na casa da Barbie e de suas irmãs sempre tem alegria e diversão graças aos seus bichinhos de estimação. Você também tem animais?

○ Eu tenho animais de estimação

Nome:

Idade: Espécie:

Brincadeiras favoritas:

○ Eu não tenho animais de estimação

Se tivesse um, ele seria

Ele se chamaria

Cole aqui uma foto sua com o seu bichinho de estimação ou desenhe o bichinho que você gostaria de ter.

Quanta Fofura!

........../........../..........

- dom
- seg
- ter
- qua
- qui
- sex
- sáb

Querido diário,

hoje meu dia foi...

....
....
....
....
....
....
....
....
....

- demais!
- especial
- normal
- incrível
- difícil
- surpreendente

Som que toca o coração

música: cantor:

Trecho:

música: cantor:

Trecho:

música: cantor:

Trecho:

Minha trilha sonora

Muitas vezes, a música descreve sentimentos e situações que passamos. Liste as músicas que parecem ter sido escritas para você.

....

....

....

....

....

....

....

....

....

Uma música especial

Agora, escreva a sua própria trilha sonora! Se quiser, pode usar as palavras que estão espalhadas pela página como inspiração.

amigos

sentimentos

amor

animais

diversão

bondade

família

felicidade

Pessoas que me inspiram

na minha família
Nome:

Por quê?

entre os meus amigos
Nome:

Por quê?

na televisão/cinema
Nome:

Por quê?

na música
Nome:

Por quê?

Hoje eu estou...

/ / Hoje, eu estou me sentindo

porque

/ / Hoje, eu estou me sentindo

porque

/ / Hoje, eu estou me sentindo

porque

Se eu pudesse...

Se eu pudesse...

ser personagem de um livro, eu seria

viver a história de um filme, seria

voltar no tempo, eu

dar uma volta no futuro, eu

De volta ao passado

Algumas coisas, a gente nunca esquece...

PRIMEIRA PROFESSORA:
....

PRIMEIRA MELHOR AMIGA:
....

PRIMEIRA VIAGEM:
....

No futuro

Quando eu crescer, quero..
....
....
....
....
....

Escolhendo a profissão

Barbie já foi médica, cozinheira, bailarina e muitas outras coisas. E você? Quais profissões gostaria de seguir?

Eu quero ser..
porque ....
....
....

Eu quero ser..
porque ....
....
....

Eu quero ser..
porque ....
....
....

Eu quero ser..
porque ....
....
....

............/......../............

Querido diário,

- dom
- seg
- ter
- qua
- qui
- sex
- sáb

hoje meu dia foi...

....
....
....
....
....
....
....
....
....

- demais!
- especial
- normal
- incrível
- difícil
- surpreendente

Praia, campo ou cidade?

Cidade grande

Adoro saber que há muitas pessoas e ruas movimentadas ao meu redor. Quanto mais restaurantes, parques e lojas... melhor!

Praia

Sol, areia e mar fazem mais meu estilo. Jogar vôlei na praia, mergulhar ou apenas caminhar são atividades que eu poderia fazer todos os dias.

Campo

Ouvir o canto dos pássaros é uma ótima maneira de começar o dia. Eu me sinto muito mais feliz quando estou cercada pela natureza.

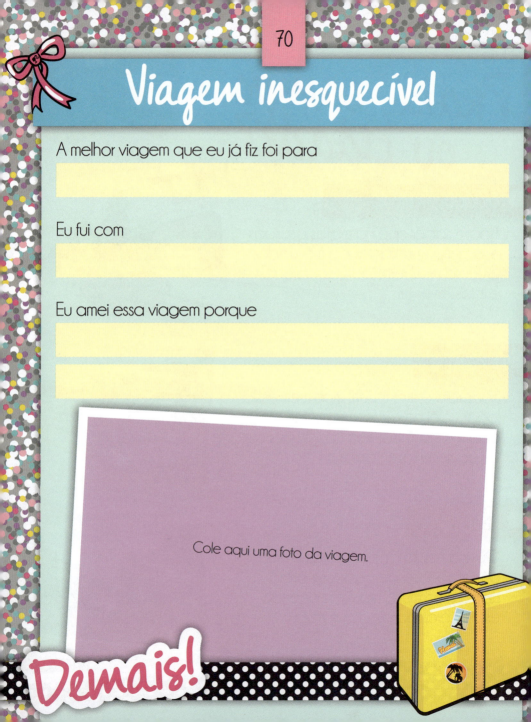

Viagem inesquecível

A melhor viagem que eu já fiz foi para

Eu fui com

Eu amei essa viagem porque

Cole aqui uma foto da viagem.

Demais!

Um sonho de viagem

Lugares que quero conhecer no Brasil:

Lugares que quero conhecer fora do Brasil:

As férias perfeitas seriam:

Programando as férias

Nada como tirar umas férias para descansar ou conhecer alguns lugares junto da família e dos amigos, não é mesmo? Aproveite este espaço para planejar a sua próxima viagem.

Destino:

Duração da viagem:

Meio de transporte até o destino:

Pessoas que iriam nessa viagem:

O que não pode faltar na mala de jeito nenhum:

Passeios programados:

Hoje eu estou...

/ / Hoje, eu estou me sentindo

porque

/ / Hoje, eu estou me sentindo

porque

/ / Hoje, eu estou me sentindo

porque

Gostos e preferências

- uma estação ....
- um sabor ....
- um sentimento ....
- uma cor ....
- um nome ....
- um momento ....
- um dia da semana ....
- um aroma ....

Hobbies e passeios especiais

Meus hobbies favoritos são:

Meus passeios favoritos são:

Sentimentos e sensações

Cada sentimento nos desperta uma sensação e reação diferentes. Fale sobre como você reage quando está:

Alegre

Triste

Com saudade

Zangada

Com medo

Confiante

77

......../......../........

Querido diário,

- dom
- seg
- ter
- qua
- qui
- sex
- sáb

hoje meu dia foi...

....
....
....
....
....
....
....
....
....
....

- demais! especial normal incrível difícil ● surpreendente

Festas inesquecíveis

A melhor festa de aniversário a que eu já fui:

O que tornou essa festa especial:

Uma festa que ficou marcada por não ter sido tão boa:

O que tornou essa festa ruim:

Parabéns pra você!

Que tal planejar a sua festa de aniversário? Desperte o seu lado criativo e faça a festa dos seus sonhos virar realidade!

Data do aniversário:

Tema:

Local:

Comes:

Bebes:

Lista de convidados:

Meu bolo de aniversário

Não se esqueça do bolo. Como ele vai ser? Com muitos enfeites ou mais simples? Terá frutas ou chocolate? Desenhe ou cole a imagem de um bolo de que você goste.

Diga Xis

Barbie e suas amigas adoram tirar fotos para registrar todos os momentos. Cole fotos que você tirou com sua família e amigos para registrar seus momentos também!

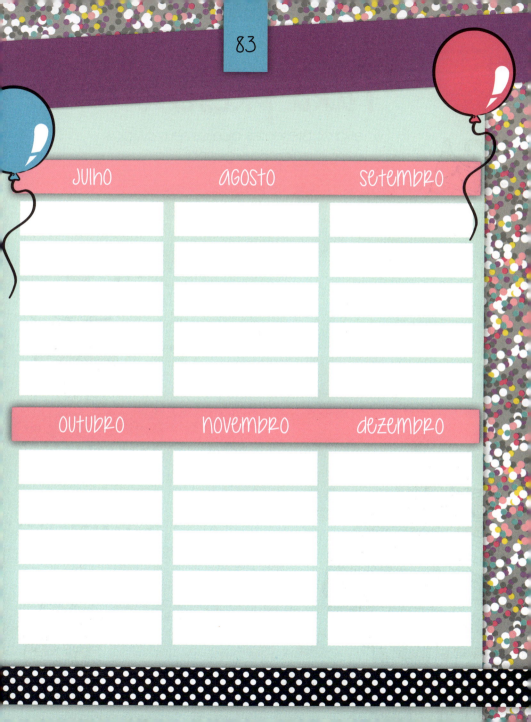

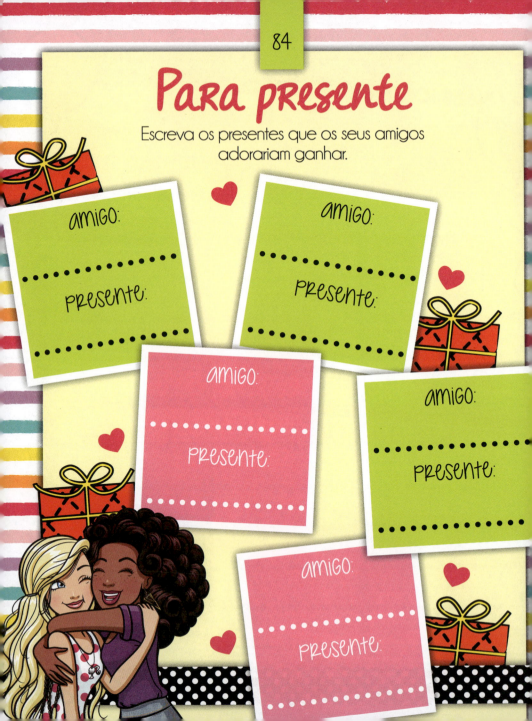

........../........../..........

Querido diário,

hoje meu dia foi...

- dom
- seg
- ter
- qua
- qui
- sex
- sáb

 demais! especial normal incrível difícil surpreendente

O passeio ideal para...

Fazer com a família:

Fazer com os colegas da escola:

Fazer com os melhores amigos:

Filme com pipoca

O melhor filme que eu assisti foi:

Um pouco sobre a história dele:

Cole aqui uma cena do seu filme favorito.

Hoje eu estou...

/ / Hoje, eu estou me sentindo

porque

/ / Hoje, eu estou me sentindo

porque

/ / Hoje, eu estou me sentindo

porque

Para não esquecer!

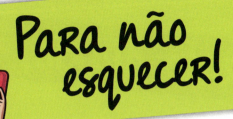

meu número de telefone:

meu e-mail e senha:

meus usuários e senhas das redes sociais:

......../......../........

Querido diário,

○ dom
○ seg
○ ter
○ qua
○ qui
○ sex
○ sáb

hoje meu dia foi...

....
....
....
....
....
....
....
....
....

● demais! ● especial ● normal ● incrível ● difícil ● surpreendente

Super-heroína por um dia

Chegou a sua hora de se transformar em uma super-heroína. Desenhe uma roupa e uma máscara. Lembre-se de escrever quais seriam seus poderes.

PODERES:

Cantinho dos Recados

Entregue o diário aos seus melhores amigos para que eles escrevam mensagens especiais para você.

Planos e metas

Quando escrevemos os nossos planos e metas, fica mais fácil se organizar e realizá-los. Então, liste suas metas para o ano e lembre-se de revê-las sempre.

1.

2.

3.

4.

5.

6.

7.

8.

9.

10.

Querido diário,

muito obrigada por guardar
todos os meus segredos!

Com amor,

....